JN195425

S e m i s h i g u r e

川柳句集

蝉しぐれ

伏見文夫

Fushimi Fumio SENRYU Collection

新葉館出版

川柳句集　蝉しぐれ■目次

川柳句集

蝉しぐれ

おにぎり

コンビニのおにぎりどれも臍がない

膝小僧乾いた歌が多くなる

不整脈マグマと踊る曲り角

ウォーキング明日はきっと鳥になる

蝉しぐれ夢見つづけているミイラ

ウォーキング嫌な顔する万歩計

水虫のドキュメンタリー凄かろう

足腰に耳傾ける古稀となり

ゴミ出しの点を烏につけられる

体操を神のリズムに戻してる

ガラクタに五臓六腑の音を聴く

洗濯機止まった夜を白くする

演説会あなたも耳をつけてない

木ねじを右に廻そう先はある

本棚の空洞きっと病んでいる

足腰の音合せするウォーキング

思い出をがんじがらめにするビデオ
スーパーの着飾りすぎの鏡餅

晩酌のコップきしきし海を注ぐ

星ひとつ壊れかけてる玩具かも

蝉しぐれ血のとどこおる音がする

夕暮れへ傷んだ糸をにぎる蜘蛛

スーパーで表示と対話して帰る

黄昏の凸凹道に問うている

千匹目の羊と明日を味見する
真夜中の風は黒猫かも知れぬ

二人して紡ぎ続けている宝

越えるたび山は鯨になるばかり

寝起きするたびに剥がれてゆく鱗
お日様の声で五体のネジを巻く

綱渡りするジーパンを細く穿き

才能と呼んで欲しかろ木守柿

今日ぐらい遊んでほしい砂時計

角たてぬように絵の具を混ぜてます

胸開き本音の色の花に逢う
前を向く硝子細工になりながら

ありがとう仮面だらけの花園よ
家系図の空へはみ出しそうになる

現役へふと巻き戻す蟬しぐれ

ハーモニカふと少年になる音符

若さへの嫉妬で人になりきれぬ

早起きをすると加速度つく地球

ストレスの挑発狂えない時計

石臼でわたしの海を碾いている

瘡蓋の中で眠れぬ不発弾

菜の花のまっただなかで明日に逢う

わくらばの行方なぞっている手足

不整脈ほおかむりしてやって来る

鍬を打つ大地喝采してくれる

真っ黒の雨に葉裏を攻められる

喜寿の駅ひと休みして風に乗る

掃き溜めの枯葉と先の話する

言い訳をしては躱している飛礫

菜園の虫の言い分まだ聞けぬ

地を揺らす無口の神を見せられる

腹を割ることなどきっとないお酒

文明の未来笑っている鴉

おにぎり　36

菜園

菜園のトマトと虫の話する

ウォーキングへ希望の靴をはいて出る

真っ直ぐの歩みへ芯をずらす影

口数の少なくなった聴診器

血の滾るページに出合う蝉しぐれ

曼荼羅を純白にして旅に出る

薔薇色の未来へ眠りたい手足

橋渡る子羊ひとり経を読む

日が早いゴールの手前かも知れぬ

終章へ身を擦り寄せて来る夕日

どの道を行くか神との一騎打

それぞれがそれぞれを向き影がある

逆光の中の紅葉と手を繋ぐ

真っ直ぐの道だ通行止めがない

しゃかりきになって夕日を呼び戻す

寝苦しい夜を乗り切って百日紅

木枯しの音を数える訃の便り

着膨れの羊になって初詣

スケジュール問われふらふらする暦

手術中海を一枚背負わされ

持ち味を捨てて普通になりたがる

病葉を抱え真水の味を知り

夢百夜カオナシばかりやってくる

ピンコロリ神の差し金欲しくなる

闘っている空白の日記帳

大空へ旅立つ口火とってある

出迎えの旗多過ぎる西の駅

長生きの妙手甲羅にきいとくれ

引算の果ての到着駅がない

羽根のない夢を咲かせるフライパン

身中の忍者に利かぬ処方箋

物忘れを比べ合ってるダイヤ婚

オーバーホールせよと左脳がまたほざく
段差との間合いを脚に教え込む

阿弥陀様の口元にある無限大

振り返る道ジグザグの一行詩

干涸びる大地オアシスめく五欲

注射針生き血を吸って肥えている

ドクターの触診受けているマウス

リハビリの炎に薪をくべている

ジーパンの口へ継ぎ当てしたくなる

地図のない明日へ向けて脱皮する

リハビリの見舞いへ外せない仮面

早起きが出世街道ゆくカラス

何回もお早うコールする鳥

かなかなの歌で猛暑を手なずける

盆栽の一枝たらんストレッチ

釘付けの頭のこして冬籠り

闘病へ季節も加勢してくれる
赤トンボ午後を縮めにやってくる

人は皆メモリーを消し踊るのさ

血の色の南瓜ひと夜を長くする

樽のエキスが漏れだしている痛い

夢ゆめユメ橋の向こうのシャボン玉

臍のない毬を両手でついている

ありがとうを決して言わぬ熱帯魚

二十五時さて口だけの影もいる

秒針と取っ組み合いをして負ける

トンネルを抜けて真昼の夜にあう
茜雲ふっと降り立つ母の駅

秋霖を着る抜殻と握手する
筆箱のちびた坊主が眠れない

共白髪ゲームの先にある介護

一鍬へ勢いつけて夢を植え

人手なら幾らでもある混ぜ御飯
おふくろの味うらやんでいるレシピ

つぎつぎと不意打ち神のスケジュール

文明

万倍の象を走らす蟻の核

文明が闇を歩いて帰りつく

鬼の棲む地球にクローンなどいらぬ

介護法他人がいいのかも知れぬ

石仏のページをめくる有事法

合併をして顔がない串団子

高齢化叩き売られているバナナ

改憲の裏ふつふつと沸くスープ

風向きで水増しをする処方箋

季語のない俳句を詠んでいる野菜

友好の衣の下にある空母

菜園の毛虫とワークシェアリング

四条植の大地と勝負する農夫

神の手の中へ戻そう原子の火

大差ないのに争っているコップ

ピンコロリ積んだ札束などいらぬ

各論になると蠢く原子の火

列島の骨抜き狙う原子の火

大国と肩を並べて影がない

ブータンへ生まれたがっている二流

各論へ原発昼寝しようかな

敗戦を終戦と言いいま除染

辺野古への皮肉をこめるオスプレイ

国民を守るまもると言う軍歌

この星のポケットにある不信感

石筍となれ七十のこの平和

解釈のマジック鳩に牙をつけ

軍拡の舌先で言う抑止力

日銀の記者会見よさようなら

法外な値段の好きな化粧品

街は今まばたきしない目が光る

ドクターのパソコンきっと薬漬け

一強の果て戦前になるページ
この星のへたから痛みだす気配

文明へ川のリベンジかも知れぬ

ドクターの小声セカンドオピニオン

文明の背伸び地球儀こわれそう
ＡＩの愛にはきっと金が要る

下に下に辺野古へ向かう星条旗

この星のエゴへ洪水きっとくる

あとがき

川柳との出会いは遅く、定年退職の後になります。さいたま文学館創作講座「川柳入門」を受講したことが始まりです。その後は川柳の会（二川会・講師　故須田尚美氏）で作句をしていましたが、同時期に「川柳マガジン」を知り投句をして現在に至ります。

令和時代の幕開けを記念して、句集の出版を思い立ち、「川柳マガジン」の入選句を主体に取り纏めたのが、この川柳句集です。川柳については、これからも体力の許す限り、続けたいと思っております。

ご指導いただきました須田尚美先生、また楽しく学び合った「二川会」の皆様にこの場をもって心からお礼申し上げます。

本書の出版にあたりご尽力いただきました新葉館出版並びに竹田麻衣子さんに厚くお礼申し上げます。

令和元年五月一日

伏見 文夫

【著者略歴】

伏見文夫（ふしみ・ふみお）

昭和８年、北海道生まれ

埼玉県桶川市在住

川柳句集　蝉しぐれ

○

2019年7月26日　初版発行

著　者

伏　見　文　夫

発行人

松　岡　恭　子

発行所

新　葉　館　出　版

大阪市東成区玉津1丁目9-16 4F 〒537-0023

TEL06-4259-3777 FAX06-4259-3888

http://shinyokan.jp/

印刷所

株式会社シナノ パブリッシングプレス

○

定価はカバーに表示してあります。

ISBN978-4-86044-818-9